I0530907

"Aguante Barreda"

Alejandro Colliard

AFTERWORD

Did you enjoy *No Time to Say Goodbye*? Could you take a few minutes and review *No Time to Say Goodbye* on Amazon, Goodreads, or your blog? (Or even a tweet would be terrific.) Your review will help spread the word about my book. Independent authors rely on reader reviews like yours. Thanks, and I'm glad I could share *No Time to Say Goodbye* with you.

You can find out more about Bill Adler Jr. on his website, www.adlerbooks.com. He tweets at @billadler.

Primera edición junio de 2008

© 2008 Alejandro Colliard

ISBN 978-987-05-4565-1

Queda hecho el depósito que previene la ley 11.723

A Eli, mi más valiosa lectora

Prefacio

Semblanzas Profundas: Aguante Barreda de Alejandro Colliard

"Aguante Barreda" es una novela corta del escritor y artista argentino Alejandro Colliard, es una obra dinámica que utiliza como principal estrategia textual la concisión de los capítulos para exponer a través de su brevedad y precisión léxica una versión absurda y esperpéntica de lo que podría ser la vida de Ricardo Barreda tras su liberación. Colliard se apropia de manera efectiva y con gran comicidad, especialmente con humor negro y mucha ironía del hecho verídico. Abarca tangencialmente tanto el crimen ocurrido hace 16 años como la situación que vive hoy su principal actor. **A la fecha Barreda cumple su condena con arresto domiciliario en la calle Belgrano, lugar en que está ubicado el hogar de su nueva pareja Berta André "Pochi".** La conmutación de la pena que favorece al autor de la sangrienta masacre desplegada en contra de su mujer, suegra e hijas un domingo 15 de noviembre de 1992, es producto de su avanzada edad y otros beneficios que contempla la ley penal Argentina. En el 2012 el odontólogo platense podrá optar a libertad condicional pese a haber sido originalmente sentenciado a cadena perpetua.

Partiendo de este hecho, Colliard realiza una proyección satírica de la sociedad Argentina y porque no latinoamericana, aglutinando factores, culturales, mediáticos y políticos. En este último apartado aparece un importante elemento que vincula a la novela con el mundo externo a la ficción, el Dr. Carlos Ruckauf, Gobernador de Buenos Aires, que a lo largo de su carrera ha ocupado numerosos cargos incluso el de vicepresidente durante el gobierno de Menem. **Esta figura pública aparece en la historia como un gatillante de la acción, movido por ansias de poder caricaturizadas al extremo. Ruckauf es un manipulador de los medios y partidario acérrimo de las estadísticas por encima de cualquier implicancia ética.** Colliard aprovecha esta condición y diseña una agenda ficticia en la cual Ruckauf muestra interés en la popularidad de Barreda para así explorar los mecanismos psicológicos de la masa. Cual bandada de palomas, el pensar colectivo se expone en todas las aglomeraciones que rinden pleitesía, apoyo y consmisceración a Barreda. En forma individual, la policía y los taxistas son usados en la narración como barómetros del sentir general el cual eleva al psicópata a la categoría de ser mítico y heroico, que amparado por juicios de aprobación a causa de su espíritu trágico, de su travesía de dolor y supuesta purificación, se torna digno como epónimo Hércules o Jason capaz de arrasar sin el menor reparo a toda una comunidad gracias a lo que se comprende como una razón legitimada, **en este caso, la defensa de su hombría.**

El sentir gregario tal como Colliard lo expone, ve en este personaje de la crónica roja, con una sobre exposición que nada tiene que envidiar a Charlie García; a un icono que rescata los derechos del oprimido, del ninguneado por su propia familia, y que actuó en defensa de un valor superior, la unión familiar erosionada por la crueldad de la suegra, el abuso de la esposa y el irrespeto de las hijas, el tema toma ribetes de misoginia y falocentrismo cultural, otra lectura presente en el texto y que es coherente con la actitud de Barreda y la revisión del peritaje de psicólogos a cargo del caso. **Estos discutieron durante el proceso acerca de una posible homosexualidad reprimida o crisis de identidad sexual no resuelta: "como Barreda no pudo matar a la mujer interior, la del subconsciente, asesino a todas las mujeres de su vida diurna" El tema por tanto tiene proyecciones insospechadas** y aparece una figura del pasado, el padre abusador del dentista, un militar que marco a fuego la infancia de Barreda. Estamos entonces ante el producto de una patología social generalizada que muchas veces acepta en sus productos culturales, cine, literatura, pornografía, modelos de violencia difuminando la frontera entre victima y victimario.

8

Sin hacer juicios de valor o tomar partido con una mirada moralista, Barreda se presenta en la novela como un producto postmoderno, **propio de una sociedad cosificante, capaz de generar entes implosivos y abusadores, en los lugares menos deseados, los colegios y el hogar.** Lo paradójico de esta situación y que le da al signo la capacidad de atentar en contra de los discursos fuertes de nuestra sociedad, son las motivaciones que subyacen al crimen.

Barreda arrasa a su familia por su deseo de preservarla, lo cual relativiza el tema al ubicar a las víctimas de la masacre en la posición de antagonistas, ya que estas juegan el rol de ofensoras del hogar, al frustrar con ignominia los intentos genuinos del odontólogo por mejorar el vínculo hogareño. Colliard usa este tema cruzando pequeños argumentos con la trama principal. Se muestra así la fragmentación de las bases fundantes de la sociedad, la familia y el matrimonio con ejemplos como el fin de la relación del dentista con Pochi, la que abandona a su pareja para irse con la foto de un muerto del cual se enamora. También está la promulgación de una ley que Barreda, en un punto de la historia en su calidad de senador realiza al promover el matrimonio inter-especies. Hombre con hamsters, perros con sus dueñas, sólo que de distinto género. "Tan progresista no se puede ser". **Estas situaciones absurdas contribuyen a construir al paradigma de hombre finisecular.**

Otra contradicción digna de ser mencionada y que refuerza esta idea de desfiguración de los conceptos y valores a ultranza, recae en la imagen pública que tiene Barreda. Colliard utiliza ese factor para proponerlo en su historia como un candidateable, de modo que al ser satanizado o explotado como producto por los medios, el criminal alcanza gracias a las circunstancias relativas a su acto de sangre y posterior juicio, la categoría de personalidad. Ser de culto e incluso de confianza por la sinceridad de su proceder. Como se mire, Barreda en su calidad de ciudadano está mas cerca del hombre del día a día que los artistas y los llamados lideres de opinión y su transparente artificialidad, pues el dentista actuó empujado por su cólera, quizá no se midió pero no es algo que ni siquiera el mas santo no haya pensado cuando ha sido puesto al límite por sus pares. **La situación está en que los discursos políticamente correctos censuran estos actos, pero ante la caída de esos discursos, Barreda tal como Colliard lo presenta a los ojos de Ruckauf, es la imagen de la transparencia real.**

Lo cual explica el fandom que en el mundo no novelado tiene este personaje, su popularidad, grotesca para algunos, anecdótica para otros no es menor, lo llaman ídolo y lo hacen cercano al fenómeno Charles Manson que llegó en los setenta a tener camisetas con su fotografía, estas aún se venden. **En el caso Barreda un ejemplo emblemático del mass media y su influjo es la canción Barreda´s Way del grupo Ataque 77, prueba fehaciente del poder convocante y comunicador de esta entidad mediatizada,** Colliard consciente de estos signos e imágenes, va generando una especie de simulacro postmoderno en el cual se mezcla lo vernacular y pop con lo formal, se privilegian los llamados grandes relatos de la cultura, partiendo por el hecho de que estamos ante una novela, uno de los discursos más respetados en el devenir del hombre, de modo que entretención y morbo se conjugan en un consomé kitsch, auto consciente y crítico en su hilaridad. Pues al apropiarse del referente, en este caso Barreda, Colliard expone a la sociedad en su completitud como una pantalla prefabricada, en la cual el mismo autor se ubica en una posición de descreimiento y de complicidad con los mecanismos de falsación de lo real, Colliard no sólo es el autor, sino que también es un personaje de la obra, aquí el creador juega una carta interesante, se satiriza como un escritor fracasado, que ve su oportunidad al ser reclutado por la campaña de Ruckauf como mercenario de las letras.

El autor produce una mímesis, un salto de los niveles de narración desde lo extratextual a lo intradiegetico y viceversa al incluirse en la historia como personaje secundario. Su rol en la obra reside en la tarea de escribir los discursos del candidateable Barreda, y luego un libro que crítica curiosamente, la imagen de los hombres que se destacan en la sociedad a causa de su creatividad, podríamos llegar a pensar incluso que está obra que leemos, "Aguante Barreda" es otro producto de Colliard, personaje que nos envuelve dentro y fuera de la novela como participes, como parte de ese fandom o pensamiento colectivo de masas que está ávido de leer la vida y proceder de un asesino supuestamente rehabilitado y recibido con los brazos abiertos como hijo ilustre por la sociedad. **La novela se vuelve otro discurso mediatizado, estamos en un simulacro circular, del cual todos somos cómplices, autores, y victimas.**

En definitiva el merito de la obra esta en la re-escrituración testimonial que Colliard hace de lo ocurrido sin suplantar en lo más mínimo la historia extratextual, no hace un palimpsesto o borra el como se dieron las cosas, sino que toma la realidad y la inserta intertextualmente, de forma fragmentada y con gran sutilidad en su ficción a través de deícticos que remiten al lector, a lo cubierto por la crónica roja y los medios de prensa televisivos: **El auto de barreda, su Ford Falcon y la fachada del hogar llena de graffitis** injuriosos o de apoyo para quien a juicio de algunos es la verdadera víctima del crimen, el reivindicador de los oprimidos, de los underdogs, no hay que olvidar el rifle español Calibre 16.5 que el odontólogo utilizó para el crimen y el rol que juega la mentada "Pochi" su actual mujer, esos son sólo algunos de los elementos que se utilizan como anclaje para aproximarnos de modo implícito al fenómeno mediático, logrando los efectos de una lectura abismante, llena de ramificaciones para tan breve obra escrita con economía de palabras. La tarea del receptor por tanto implica llenar los espacios en blanco y cooperar con la creación al actualizar la narración con una enciclopedia que remite a la coyuntura que tuvo y tiene la figura del dentista asesino dentro de la realidad Argentina y su cultura popular. De cualquier modo, el destinatario no familiarizado con el truculento asesinato rápidamente puede captar la historia en su calidad de fantasía y acercarse a la mente del psicopático personaje, **Colliard construye un doble código que comulga tanto con el lector aventajado producto de un conocimiento previo de la situación, como con aquel que asume esto cual fantasía.**

Algunos de los recursos también sugeridos por la prosa del creador, van perfilando una conducta errática e insensibilizada mediante los vagabundeos que el dentista hace por calles con prostitutas y jóvenes que se venden, su actitud hacia los gatos, por ser el animal familiar el único sobreviviente de la masacre de aquel domingo del 92, eso sin contar el procedimiento maquiavélico desplegado para la eliminación de los felinos en la historia, darles de comer vidrio molido, actitud que **en la fachada de normalidad del personaje, y ocultamiento de un depredador en potencia, recuerdan al proceder de Patrick Bateman de la obra el Psicópata Americano del autor estadounidense Bret Easton Ellis,** en conclusión el texto expuesto en la red por el autor, específicamente en **google books** es recomendable pues en su sencillez narrativa traspasa la lectura fruitiva e impresionista, promoviendo una serie de mecanismos interesantes de la narrativa actual y condicionantes que revelan mucha de nuestras sociedades y la calidad de los individuos en sus relaciones con el medio, el miedo.

Daniel Rojas Pachas

Publicado en: Cinosargo Revista, Edición VIII de enero del 2009

"Aguante Barreda"

"Aguante Barreda"

...dice el pasacalle agitado por el viento que, tal vez, la gente debajo de él provoca. Sobre la Calle 501 frente a la Unidad 12 de Gorina, La Plata, la música festiva de los altoparlantes dirige a una murga, convocada para el acto y brillantemente dispuesta. Sostenidas por niños y grandes, las pancartas con la foto del homenajeado sobrevuelan la población de cabezas. Entre toda esta algarabía, una pesada reja de hierro se abre en el edificio principal, a unos cien metros de distancia de la entrada. Al hacerlo, da lugar a un profundo vacío donde, desde la distancia se adivina una pequeña figura septuagenaria, calva y con lentes. Ricardo Barreda viste un pantalón gris claro, camisa a cuadros, chaqueta deportiva y lleva una bolsa de supermercado con sus pertenencias bajo el brazo. Su sonrisa se vuelve brillante con la luz de exterior y aprovecha su brazo desocupado para saludar al público. En ese mismo instante el estruendo de los fuegos artificiales se mezcla con la lluvia de papeles multicolores. Con el sobresalto las palomas huyen de sus nidos y al hombre se le cae su bolsita. Mientras se agacha para recogerla y camina los últimos metros hasta la garita de la entrada, custodiado por dos guardias, y es recibido por una delegación integrada por el Instituto Superior de Taxidermia y Conservación, la Sociedad Protectora De Animales y la Asociación de Madres Golpeadoras, entre otros. El Doctor Ruckauf, que encabeza esta comitiva, es el primero en tender la mano:

- ¡¡Bienvenido, lo estábamos esperando!!

Sobre el tapiz de papel que se esta formando, el grupo recorre el camino hasta el palco profusamente adornado. Las muestras de afecto y los hondos abrazos continúan hasta la escalinata, donde invitan a subir al homenajeado. En el último peldaño lo espera su pareja de todos estos años "Pochi", que Barreda en la confusión no nota su presencia. Se saludan con un beso y tras ellos la delegación se acomoda en el escaso lugar que el escenario les ofrece. A un costado, la Banda Militar del

15

Regimiento 1° de Infantería Patricios entona las estrofas del Himno Nacional Argentino. Luego de un largo aplauso Los Papelnonos, una singular agrupación de abuelos que armados con replicas de instrumentos de papel hechas por ellos mismos, representan canciones haciendo mímica junto a una pintoresca coreografía. Seguido, el único micrófono que puebla el palco da muestra de vida acoplando con las primeras palabras del Doctor Ruckauf.

- Uno, dos, tres… hola, hola… probando…
Señoras y señores, démosle nuestro cálido aplauso a esta simpática agrupación de abuelos que supieron deleitarnos con sus hermosas canciones *(aplausos).*
Estimado publico presente, compañeros, amigos. Frente a las puertas de esta institución carcelaria el presente día nos convoca por un motivo que nos hace especialmente feliz. En este preciso instante, nuestro bien ponderado ciudadano Ricardo Barreda ha podido, por fin, recuperar su merecida libertad…

Entre la griterío general, Barreda recibe una ola de papel picado junto a la pirotecnia, que nuevamente espantan a las palomas, que con recelo habían regresado.

- Se que por más discrepancias que haya sobre el verdadero valor de la condena que cumplió nuestro recién salido amigo, nadie puede negar que en este momento es un ciudadano plenamente recuperado y en total ejercicio de sus facultades, tanto síquicas como morales. Siempre estuve convencido de la entereza y cordura de sus actos y de las razones que lo obligaron a actuar como todos sabemos. Pero la justicia de los hombres entendió otra cosa, y a pesar de apelar en las distintas instancias, la sentencia fue definitiva, vaya uno a saber con que oscuros fines. Por eso ahora, después de tan larga condena queremos reivindicarlo como un mártir que las instituciones no supieron comprender,

16

pero sí su pueblo que se ha hecho presente para recibirlo cual hijo prodigo en su largo deambular por tierras extrañas. Querido dentista, bienvenido en nombre de todos *(algarabía general)*. Pero no voy a ocupar más tiempo en esta presentación, y sí voy a dar paso al hombre que todos queremos escuchar. Estimado amigo el micrófono es suyo *(más aplausos y pirotecnia)*.

Al recién salido lo desconcierta esta última estrofa. Mientras mira hacia los costados en busca de una excusa, unas manos suaves lo empujan por la espalda, mientras El Doctor acomoda el micrófono a la altura del nuevo orador. La expectativa silenciosa creada se interrumpe con algún "¡Ídolo!" o "¡Barreda te queremos!". A un centímetro del micrófono los labios del orador comienzan a mostrar un temblor casi imperceptible, que lentamente cobra fuerza para culminar en un:

- Gracias.

Y retrocede dos pasos hacia atrás, al lugar donde se hallaba hace un instante. Una muda incertidumbre flota en el ambiente. Ruckauf saca a sus manos del reposo y sus palmas chocan solitarias en el aire afónico. Su aplauso tiene eco entre los representantes del palco. El resto de la multitud se suma y todo termina en una gran fiesta, donde cada uno de los presentes espera su turno para saludar al recién salido de la cárcel.
Una hora más tarde se puede escuchar el canto de los pájaros nuevamente. Desde la esquina un solitario trabajador comienza a barrer los papeles coloridos, que la brisa con su capricho traslada. Algunos chocan contra el palco, donde el micrófono espera que el sonidista lo guarde; y desde lo alto las palomas aprovechan a manchar.

- ¡Estimado Barreda

...que gusto verlo nuevamente! Me alegra mucho que haya aceptado venir hasta mi oficina.

- El gusto es mió Doctor Ruckauf. El auto que me envió es cómodo por demás.

- La función publica tiene sus retribuciones, pero por favor no se quede ahí parado, venga siéntese.

- Gracias Doctor.

- ¿Gusta algo para beber? ¿Un café u otra cosa?

- Un café está bien.

- ¡Secretaria! Dos cafés por favor.
  Cuénteme Ricardo ¿como van sus cosas?

- Y, ahí ando, tratando de acomodarme en el departamento de mi mujer, acá en Belgrano. Pero bien, es muy amable en preguntar.

- Faltaba más. Ud. sabe que en todos estos años siempre lo he tenido en cuenta y es un gusto para mí poder ayudarlo.
  Quisiera preguntarle, en confianza ¿Usted nunca tuvo una vocación oculta? ¿Algo que le hubiera gustado dedicarse, pero por esas cosas de la vida no pudo?

- No, que yo me acuerde. Tal vez cuando estaba en la facultad, vio uno es joven, pero no, nada importante.

19

- ¿Creo interpretar qué en algún momento de su vida hubo una intención de ser representante y de actuar dentro del cuerpo orgánico de alguna institución?

- Si, que se yo, fue hace tanto tiempo...

- Amigo mío, usted vera que mi pregunta no es casual. El partido que represento no es ajeno a las preferencias de nuestro querido pueblo, es por eso que me he tomado el atrevimiento de hacer, por medio de nuestra Fundación, un estudio de credibilidad de su persona, y lo vemos muy bien posicionado, alrededor de un 44% de los entrevistados lo ven como un candidato potable. El mismo gobernador es participe de esta idea y es muy beneficioso para todos nosotros que ocupe algún puesto en el ejecutivo o tal vez alguna banca. También consultamos en la encuesta si lo votarían en caso de presentarse y dieron resultados semejantes. Como ve mi querido Barreda tiene todas la de ganar. También hay varios grupos económicos que ven con agrado su presencia. No obstante todo esto seria en vano sin su aprobación. Le ruego que lo piense. En un año son las elecciones legislativas, y contamos con el tiempo justo para prepararnos.

- Pero yo no se nada de discursos, ni de hablar en publico.

- No hay de que preocuparse. Tengo un joven, un escritor, que lamentablemente esta desahuciado. Se llama Colliard. Ha incursionado por muchas cosas este buen hombre, pero ya sea por el alcohol u otro motivo, siempre las ha dejado. Y lo que mas nos interesa, redacta muy bien los discursos. Así que por unos pocos pesos podría escribir para nosotros. También podrá tomar clases de locución inmediatamente. Y al principio practicar frente a pocas personas, e ir aumentando la cantidad de público a medida que vaya ganando confianza. Como hicimos todos nosotros.

- Desde ya le agradezco el ofrecimiento, pero tengo mis dudas. Resulta que en todo este tiempo le he presentado mi caso a distintas personalidades políticas, y medio que me trataban como un leproso. Ahora Ud. me presenta esta propuesta y la verdad, no se que pensar.

- Por supuesto que es entendible su posición. Pero yo, a diferencia de otros políticos soy esclavo de los números, y las estadísticas cantan. Estoy dispuesto a asumir el riesgo, hasta la fecha no me han fallado las predicciones y no tiene por que ser Ud. la excepción de la regla. Como vera confío plenamente que nuestra alianza será muy productiva. En unos meses voy a escuchar de sus labios lo acertado que estuvo en aceptar mi trato. Bueno, no lo molesto mas, acá le dejo mi tarjeta para que me llame cuando este decidido. Consúltelo con su almohada y llámeme.

- Está bien. Prometo pensarlo y cuando tenga una respuesta le aviso. Una última pregunta ¿el auto sigue abajo?

La Casa Donde Vivía

...esta igual a como la había visto en los noticieros. El blanco deteriorado del frente y las cortinas, en contraste con los colores de distintos aerosoles de las frases alusivas al 15 de noviembre de 1992, la mayoría en su contra. El vidrio del portón de hierro cubierto con una película de tierra no deja ver en su interior. Ricardo separa con los dedos esa fina película y puede distinguir tras el vidrio esmerilado a su querido Ford Falcon, que dormido espera el fin de la condena de su dueño. Ruckauf había de encontrarse con él, pero ni se imaginaba que el lugar era la vieja casona de la 48 entre 11 y 12. Un llamado por teléfono avisando la hora y un vehículo privado que esperaba en la puerta del departamento fueron los únicos datos de su cita. Tras él suena una bocina. El auto del Doctor Ruckauf se estaciona y este baja de su interior.

- ¿Qué tal amigo Barreda? no se la esperaba ¿Verdad?

- Ni en cien años ¿Qué estamos haciendo acá? Tengo una orden de prohibición para acercarme a este lugar.

- Eso es historia amigo ¿Se acuerda que firmó un poder para tramitar la sucesión?

- Si.

- Bueno, el abogado llego a un acuerdo con las partes y mi Fundación compro todo el paquete. Así que técnicamente todo esto le pertenece a La Fundación pero de hecho puede disponer como a Ud. le plazca.

Ruckauf saca un manojo de llaves y se lo alcanza. Ricardo no se acuerda, después de tanto tiempo cual era la llave de la cerradura de entrada. Al segundo intento la cerradura es complaciente y un vaho de años se cuela por la estrecha hendija

23

que se abre. Y en primera fila esta el Falcon para recibirlo. Pasaron más de diez años desde que Ricardo pudo ver por última vez su color verde original. Sigue unos pasos más y al costado la puerta de entrada entreabierta donde reconoce los contornos de unos muebles casi borrados de su memoria. Sin moverse levanta un poco la vista y se detiene en las catedrales levantadas por las arañas, pero prefiere seguir más al fondo, hacia el patio donde los vestigios de un tupido parral descansan sobre su armazón. Entre sus espacios reconoce la luz del sol y los tiempos en que podaba esa vid, tan verde y saludable, aunque Barreda nota que una sombra no corresponde. Agudiza un poco mas la vista y ese perfil le es reconocible y entre dientes se le escapa:

- ¡Hijo de puta!

Y con furia recoge del piso las piedras que tiene mas a mano e inútilmente las lanza, ya que van a parar a la casa del vecino.

- ¿Pasó algo Barreda?

Le pregunta Ruckauf

- Es ese gato de mierda. ¿Ud. puede creer? fue el único que se salvo. Le pegue un escopetazo de lleno y no solo está ileso sino que todavía esta merodeando. Pero esto no va a quedar así.

- Pero amigo, debe ser cualquier otro gato de la cuadra.

- No, lo conozco muy bien. Tiene las manchas y la misma mirada pedante. Le digo que es ese gato.

- Bueno, cálmese. Vamos que podemos hacer con el Falcon.

Quique, un mecánico conocido, acudió gentilmente tras una llamada telefónica. Después de varios intentos, la llave gire dentro de su tambor y el auto exhala las primeras bocanadas desde que fue estacionado por ultima vez en el garaje de la casa, y fueron cómplices las sonrisas con el primer ronquido del motor. Ricardo se anima a dar una vuelta. Con la aprobación de Quique, pone primera y recorre los primeros metros hasta la calle. El mecánico tras el cierra el portón de la casa, le alcanza la llave y acota:

- Vaya tranquilo, el auto esta como lo dejó.

Antonio saluda y toma por la Calle 48 para tomar luego por la Avenida 13 hacia Plaza Belgrano. Por un momento pensó que le iba a costar volver a manejar, pero los reflejos recurrieron rápido al llamado. Eso sí, el tráfico no es el de antes, pero igual se las arregla para continuar por la 13. No paso el minuto, cuando desde atrás una sirena se acerca. Los documentos del auto están, pero no esta pago el seguro y la licencia de conducir esta vencida hace tiempo. Resignado, estaciona en el primer lugar que encuentra y baja la ventanilla:

- Buena tardes agente.

- Que tal, buenas tardes. Dígame ¿No es Ud. Barreda, el odontólogo?

- Si, el mismo.

- Mire, íbamos con mi compañero por la avenida y lo vimos pasar. Si no le parece una mala idea ¿No nos daría su autógrafo?

- ¡Como no amigo!

El agente saca su talonario de infracciones junto a una lapicera y se lo alcanza:

25

- ¿En este espacio esta bien?

- Si, en cualquiera. Si se lo puede dedicar a Teresita, mi señora, ella se pondría muy contenta.

- Bueno, esta bien ¿Y su compañero también quiere?

- Si, por favor. Hágalo en nombre de Marta, su novia ¡Va a quedar como un duque!

- Esta más que bien. Muchas gracias y perdone por distraerlo.

- ¡Faltaba más amigo!

- Muchas gracias, y cuídese. Hay mucha gente irresponsable tras un volante.

- Lo voy a tener en cuenta. Nos vemos.

Barreda arranca el Ford y en la primer intersección gira a la derecha, retomando el camino hacia la casa. Ni bien salió del campo visual de los policías, vacía por completo sus pulmones y cuando se recupera murmulla entre dientes:

- ¡Zafamos!...

De vuelta en la casa, Ruckauf todavía lo espera.

- ¿Cómo le fue, amigo?

- Todo bien, gracias.

- ¿Estuvo pensando en algo con respecto a la casa?

- La verdad es que no tengo ganas de volver. El auto sí,

me lo llevo, pero acá no se, despés lo pienso.

\- Si no le molesta, ya estuvimos ideando algo. Primero la vamos a restaurar hasta que quede impecable y en la planta baja crearemos un museo en conmemoración, donde habrá visitas guiadas y una dramatización de los hechos con actores profesionales, con efectos especiales, sonido e iluminación acorde. Toda una experiencia multimedia. ¿Qué le parece? También podemos instalar un consultorio para que pueda atender a sus pacientes. Esto le puede generar una entrada interesante de dinero, además podrá disponer de horarios flexibles.

\- Veo que ha pensado en todo, como siempre.

\- Humildemente, el ejercicio diario del noble oficio de la política nos lleva a esto. Espero que no se sienta invadido en su intimidad.

\- Todo lo contrario, me siento halagado por su interés.

\- Le dejo unos días para que lo piense tranquilo y luego lo llamo para arreglar todo. Tengo varios proyectos interesantes en mente para ambos.

\- Bueno, gracias...
Una cosa más ¿No tiene unos pesitos para el combustible?

¡Acá Están Las Putas Llaves!

Exclama Barreda después de veinte minutos de revolver el departamento de "Pochi" en el Barrio Belgrano. Ahora si, termina de colocarse el saco y sale a la calle. Es de noche y es poca la gente que transita. Camina unos metros revisando la vereda, hasta que al pie de un árbol encuentra un par de botellas vacías de vino. Toma una y regresa. Una vez dentro, se dirige al lavadero, donde toma un trapo viejo y envuelve por completo la botella, luego la acuesta sobre el piso y con un martillo la golpea repetidamente hasta que queda reducida casi a polvo. Con delicadeza desarma el envoltorio y vierte el contenido en un frasco de mayonesa y cierra la tapa. A continuación toma una cuchara de un cajón en la cocina para nuevamente salir a la calle. Sube al Falcon que se encuentra estacionado frente al edificio para dirigirse hacia un puesto de diarios abandonado que queda a unas cuadras de ahí. Deja estacionado el auto a la vuelta y camina la última cuadra. Al acercarse lo ve oxidado y malherido, apoyado sobre el paredón de un terreno baldío donde viven unos gatos vagabundos que usan su techo como trampolín para salir a la calle. La gente del lugar les deja agua y comida en unas bandejas plásticas. Cuando llega, Ricardo se cerciora que nadie lo mire, espanta a los gatos que están comiendo, abre el frasco y espolvorea el alimento con un poco de su contenido. Luego mezcla bien con la cuchara y lo ofrece nuevamente a los felinos. Sin haber terminado aun, desde uno de los edificios de enfrente alguien le grita:

- ¡Hijo de puta! ¡Sos vos el que estas matando a los gatos!

Barreda corre preso del pánico, con el frasco en una mano y la cuchara en la otra. Da vuelta a la esquina y sube al Falcon que arranca en seguida y sigue un curso errático, como para despistar a posibles perseguidores. Después de varias vueltas, mira por el espejo retrovisor que nadie lo siga y suspira:

- ¡Zafamos!

Terminó La Última Consulta

...en el servicio odontológico que funciona en La Fundación. En el primer piso de la casa, la que fue la habitación de su hija Adriana, Ricardo guarda los instrumentos dentro de una caja de acero inoxidable y acomoda los papeles del escritorio, a la derecha coloca un pisapapeles y en el otro costado en simetría una lapicera. Corre un poco más la lámpara, que interfiere con el campo visual y cierra uno a uno los cajones con llaves. Luego sale de su consultorio hacia el pasillo y entra en la próxima puerta, la que en otra época fue su habitación y hoy es la oficina, para ser atendido por Griselda la secretaria:

- Doctor Barreda, en este sobre está el dinero de viáticos y eventuales para la reunión de esta noche con el Doctor Ruckauf. Si quiere le llamo desde acá un vehiculo de alquiler. Creo que cuenta con plata suficiente para ir y volver.

- Esta bien Griselda, pero le agradezco, tengo un asunto pendiente y luego salgo para La Capital.

- Como Ud. Quiera. Que les vaya muy bien en la reunión y salude de mi parte al Gobernador.

- Serán dados, muchas gracias.

Una vez en la calle camina hacia Plaza Moreno y toma la línea 15. Pide el boleto mínimo e introduce en la ranura del boletero automático algunas monedas. Después de algunos ruidos la maquina suelta el boleto y el vuelto. Después de tomarlos apunta para el fondo donde ve algunos asientos vacíos. Mientras, saluda a las personas que lo reconocen tomándole las manos y agradeciendo sus palabras de elogio. Una vez sentado solo se dedica a mirar los peatones. Siempre le gusto saber leer

31

los labios, pero nunca pudo aprender. Por suerte el viaje se hizo corto y a menos de dos cuadras ya pudo divisar la estación de trenes. Toca el timbre y saluda a unos pasajeros que están cerca, antes de bajarse.

La sombra de la vieja arquitectura lo traslada a un pasado estático, haciendo que los pasajeros que esperan en su interior no estén a tono con sus vestimentas. En la boletería Barreda pide pasaje de ida y vuelta a Constitución y paga con billete de cinco. Recibe el boleto y el vuelto de un empleado que su humor le recuerda a una máquina. Las vías están vacías, pero el tren no tarda. Su locomotora diesel arrastra los vagones y el ruido de lo que fue su esplendor en los sesentas. El odontólogo accede por sus altos escalones y ocupa el primer lugar vacío, ganándole de mano a una joven embarazada, que con mala cara sigue su camino. Pero estar del lado del pasillo le hace perder el paisaje, además de atender los saludos de la gente que lo reconoce. Poco a poco la marcha del tren lo arrulla y su atención se pierde tras un vago pensamiento. Las imágenes se mezclan con los ruidos del vagón y en ellas aparecen tanto personas frecuentes como algunas casi desconocidas. Una de ellas le toca el hombro y le dice:

- Llegamos a Constitución.

Pero no, es el inspector del tren que lo despierta. Sus ojos tardaron unos segundos para acomodarse a la luz. Por la ventana reconoce el paisaje de vigas y andenes. Baja del tren y sigue el camino de los otros pasajeros hasta el hall central. En el, se abre paso entre la multitud que corre en todas direcciones, pero no puede quitar la vista de las palomas, que desde lo alto de la bóveda, descienden en picado para recoger cualquier migaja que se haya caído al piso, pero tropieza con un joven, y este le grita:

- ¡Cuidado, viejo de mierda!

Un poco desorientado, mira a los costados y luego de ubicarse, enfila para una de las salidas. Una vez afuera, después de bajar los escasos escalones que lo separan de la vereda, lo primero que se choca son los puestos ambulantes y sus dueños tratando de venderle alguna baratija. Los peatones se mueven con dificultad dentro del poco espacio disponible. Ricardo toma por la Calle Brasil hacia la izquierda hasta la Calle Salta donde la gente transita menos y las prostitutas y traficantes pueden trabajar tranquilos. El odontólogo mira su reloj y ve que le resta algún tiempo hasta la reunión. Aprovecha estos minutos libres para acercarse a una de las jóvenes y preguntarle:

- ¿Cuánto?

- ¡Hola dulce! Mi servicio cuesta diez el bucal y veinte el vaginal.

- Esta bien. Gracias.

Y continúa caminando unos metros más, donde se encuentra parado un joven.

- ¿Cuánto? *(le pregunta)*

- Quince los cinco de hierba y cincuenta el papel de colombiana, de la buena.

- Esta bien. Gracias.

Así prosigue, preguntando a cada una de las personas que están distribuidas a lo largo de toda la vereda, hasta que al llegar a la esquina se topa con una señora entrada en edad. Hasta podía ser mayor que él. Su ropa colorida y a la moda acentúa aun más su edad, pero ella parece indiferente y ni bien se acerca Barreda le dice:

- ¡Hola! ¿Cómo estás cariño? ¿No te gustaría un rato de placer conmigo?

33

- ¿Cuánto?

- Y para vos mi amor sale diez el vaginal y cinco el bucal. Eso sí, el mío es sin dentadura postiza.

- Esta bien, pero lo dejo para otro momento, ahora se me hace tarde.

- ¡Chau!, hermoso.

- Adiós.

Con paso apresurado el odontólogo se dirige hacia la Plaza Garay. La reunión es en uno de esos locales de comida rápida que sirven carne de caballo frita, tan de moda últimamente. Al llegar ve a Ruckauf sentado solo en una mesa y lo saluda. A pocos metros de ahí, sentados en otra mesa están sus dos guardaespaldas.

- ¡Hola Ricardo! Lo estaba esperando ¿Qué cuenta?

- ¿Cómo está Ud. Ruckauf? Yo muy bien, gracias.

- ¿Tiene hambre? Pídase algo mi amigo, adelante.

- Gracias, pero por ahora solo un café.

- ¡Vamos! no sea tímido ¿No probó la carne de caballo? Es muy rica, hasta dicen que es más sana que la de vaca ¡Adelante! pida una porción.

- Lo dejo para otra ocasión, gracias.

- Bueno, Ud. se lo pierde ¿Qué le puedo invitar?

- Con un café me conformo.

- ¡Camarera! Un café para el señor y una porción doble con papas fritas para mí. ¿En qué estábamos? ¡Ah! Sí. Barreda creo que ya es hora de que vaya escribiendo un libro.

- ¿Escribir un libro? No entiendo ¿Qué me está pidiendo?

- Estimado amigo, nos hemos estado reuniendo con los especialistas en marketing publicitario de mi Fundación y hemos llegado a la conclusión que es la manera más eficaz para llegar a los sectores intelectuales del electorado, ya que en esa franja la intención de voto es muy pobre.

- Pero si nunca he escrito más que algunas cartas, como voy a escribir todo un libro.

- No se haga problema, es solo cuestión de intentarlo. No importa si escribe una serie de incongruencias inconexas contradictorias. Una vez editado contratamos a un crítico renombrado que diga que es poesía surrealista o cualquier otra cosa y ya está. O tal vez hasta pueda convencer a nuestro redactor de discursos, Colliard, que nos facilite algunos de sus libros sin publicar.

- Ahora bien, si se publica el libro, ¿a quien se lo vamos a vender?

- Eso es lo que menos interesa compañero. La cuestión es que su nombre este presente en las librerías y aparecer en la Feria Del Libro firmando ejemplares y hasta dando conferencias. Si no se vende ninguno, La Fundación adquiere los restantes y después los vende por kilo, para recuperar algo de lo invertido. Cualquiera que se jacte de ser mediático tiene que escribir por lo menos un libro. Si hasta las vedettes y los futbolistas lo hacen ¿Qué queda para nosotros?

- Bueno, me convenció. Arregle con este hombre Colliard, que me mande uno de sus libros para leerlo. Lo dejo en sus manos.

- ¡Perfecto! Me alegra mucho que acepte este proyecto. ¿Seguro que no quiere probar la carne de caballo?

"Pochi"

...da la ultima vuelta al nudo de la corbata y la ajusta lo más cerca del cuello sin que le apriete. Como en toda reunión que requiera algún protocolo Barreda calza su traje de tres piezas y solicita la ayuda de su esposa para este completar los detalles.

- ¡Parece mentira! ya fueron 365 veces que me desperté sin ver esos malditos barrotes.

Frente suyo, apoyada sobre la cómoda que esta debajo del espejo donde se esta mirando, una tarjeta se asoma de su sobre, dejando ver el membrete del Servicio Penitenciario de La Plata y las primeras líneas en donde las autoridades del presido junto a sus ex compañeros de celda lo invitan a una cena en su honor.

- Vamos "Pochi", que no se nos haga tarde.

El auto que los va a llevar espera con el motor en marcha mientras el odontólogo termina de cerrar la puerta principal. La pareja sube y el vehículo arranca, dejando una estela de humo en el lugar que ocupaba. Mientras transitan, Ricardo piensa en estos últimos años y nota que no hay rencor. Al fin y al cabo lo trataron con respeto y para muchos sigue siendo un héroe. Al llegar a la Unidad 12 de Gobina, un oficial los espera para conducirlo por el interior del penal, a través de las distintas rejas que separan a sendos pasillos y a una inspección de rigor. Una vez terminada, se dirigen al comedor principal donde se encuentra la totalidad de la población carcelaria junto a sus guardias. En medio de toda esa multitud se encuentran los rostros de aquellos reclusos que tan amablemente lo supieron acoger y lo acompañaron sus largas noches de reclusión. Por ser ésta una noche tan especial, la dirección del penal contrató un servicio de fiesta, incluyendo a los mozos que tendieron las mesas y decoraron el lugar. En la cabecera del salón Barreda y su compañera tomaron los asientos principales y antes de comenzar, hubo palabras del Director General y de algunos compañeros de celda. Muestras de cariño recíprocos se manifestaron en toda la jornada, brindando en cada momento por la salud del homenajeado.

Como en toda cena festiva, siempre alguien empieza. Primero fue una miga, después un pedazo mas grande que luego termino en una guerra de panes en donde no solo los reclusos, sino que los mismos guardias participan. El odontólogo, ajeno a los acontecimientos, toma la mano de "Pochi" y esquivando los proyectiles, se refugia en la cocina en donde uno de los cocineros le comenta:

- ¡Como se divierten los muchachos! ¿No es cierto Barreda?

- Si, lástima todo ese pan desperdiciado.

- No se preocupe. Ni bien me desocupen el comedor, lo juntamos con mis ayudantes. Después lo secamos en el horno y lo rayamos para que mañana todo el presidio, incluyendo el Director, coman unas buenas milanesas. Eso sí, ni una palabra de esto con nadie.

- Confié en mí. De estos labios no va a salir ni un suspiro. Lo que me gustaría saber es como salir de aquí.

- Salga tranquilo, Ud. conoce el camino.

- ¿Pero, cómo hago para pasar las rejas?

- Verá que todos los guardias están en la fiesta y dejaron todas puertas abiertas, para no molestarse en venir para abrirle.

- Bueno, déle el agradecimiento de "Pochi" y el mío a todos.

- Me alegra mucho que le haya gustado, porque la del año que viene va a ser mucho mejor.

- Gracias nuevamente y no olviden de cerrar, no sea que entre alguien y les robe.

Las Palomas

...picotean las migas de pan envasado que el odontólogo compro de oferta en un supermercado chino cerca de su casa. Había tomado el expreso desde La Plata hasta Retiro y ahí hasta Plaza de Mayo en subte, por el simple capricho de alimentar a las aves que se juntan a su alrededor. Al rato levanta la vista hacia el reloj del viejo Cabildo y se da cuenta que la hora se acerca; el compromiso de hoy no se puede postergar. A la zona de Palermo, su lugar de destino, el subte no llega, aunque la línea de transporte 93 lo deja más o menos cerca, prefiere cruzar hasta la parada de taxis. En el camino pasa frente un puesto de diarios y se detiene, revisando la primera fila de novedades, hasta encontrar un texto de reciente publicación. Envuelto en plástico transparente y una presentación con grandes letras que anuncia "El libro del dentista mas polémico, en una edición especial de 150 paginas "La Creatividad Apesta" de Ricardo Barreda". Una muesca de satisfacción se abre paso en sus labios pero la pregunta del quiosquero lo distrae: "lo va a llevar señor". El niega con la cabeza y continúa su camino hasta la parada. El primero de la fila es un Peugeot 504 con sus típicos colores amarillo y negro. La puerta esta abierta y se acomoda en el interior:

- Buenas tardes ¿donde lo llevo?

- Que tal, buenas tardes, a Figueroa Alcorta al 3400, por favor.

- Como Ud. mande.

El taxi hace una cuadra por la Avenida Rivadavia y dobla a la derecha por la calle San Martín hasta que termina, toma después hacia la izquierda por Avenida Del Libertador, que a partir de Ayacucho se transforma en Figueroa Alcorta. El tráfico, aumentado por el horario, se complica a medida que avanza, pero una buena secuencia de luces verdes aliviana el recorrido por la avenida. De tanto en tanto, el chofer levanta la vista, revisando el rostro de su pasajero, pero sin tratar de incomodarlo.

- ¿Quiere escuchar alguna música en especial?

- ¿Podría ser algo de Malosetti? si no te molesta.

- No lo conozco ¿Qué hace?

- Jazz.

- Yo escucho generalmente tango, pero le puedo buscar una radio.

- Es muy atento de su parte.

- Acá encontré algo ¿esta bien Kenny G?

- Está bien, déjelo.

- ¿Le puedo hacer una pregunta maestro?

- Si, como no.

- Resulta que lo estaba mirando, y me preguntaba si Ud. no es Barreda, el odontólogo.

- Si señor, el mismo.

- ¡Ya me parecía! Desde que subió que me preguntaba de donde lo conocía.

- Así es. Mi cara esta dando muchas vueltas últimamente.

- No solo ahora maestro. Desde hace rato que lo vengo siguiendo. ¿Es verdad que se recibió de abogado estudiando en la cárcel? Yo pensé que le decían doctor porque a los dentistas le dicen así, pero también es abogado.

- En realidad es que hice la mitad de la carrera. Al principio quería recibirme para ser mi propio defensor y fundar mi defensa alegando demencia, pero tuve que dejar mi caso en manos de otro abogado, así que no era importante recibirme.

- Por suerte ya esta fuera ¿se le hizo largo, no?

- Sí, más o menos. Podría haber sido peor.

En eso llegan a Figueroa Alcorta y el chofer toma hacia la izquierda, recorriendo la zona más exclusiva de la ciudad. Minutos después se detienen frente al Museo de Arte Latinoamericano y Ricardo pregunta:

- ¿Cuánto le debo?

- Nada Doctor, la casa invita.

- No, insisto. No puede trabajar gratis.

- Por favor, Ud. se lo merece. Vaya tranquilo.

- Bueno, no se que decir.

- Para mi ha sido un honor. No me cruzo todos los días con gente que valga el mayor de mis respetos.

- Muchas gracias amigo, nos estamos viendo.

- Suerte, y hasta la próxima.

El odontólogo cierra la puerta tras de si y se dirige hacia el museo. En las escalinatas un hombre con aspecto desalineado lo espera. Ricardo sospecha que le va a pedir limosna, pero unos papeles debajo del brazo lo tranquilizan.

- Hola Doctor Barreda, soy Colliard.

- Como le va amigo, un gusto en conocerlo.

- El Doctor Ruckauf me pidió que le alcanzara el discurso para la presentación, ya que el no puede venir.

- Bien, muchas gracias. ¿Qué tiene que hacer? ¿Me acompaña?

- Gracias, es un placer.

- Le quiero confesar que de todos los libros que leí suyos, este es que mas me gusto. Pero vamos, pasemos.

La sala de conferencias está colmada de público ansioso. Cerca de un centenar de periodistas llegaron al lugar. Sobre el escenario un escritorio y su respectivo sillón reciben al esperado disertante. Este se sienta y ordena los papeles que hace un instante el escritor le alcanzó. Se acomoda las gafas para enfocar mejor y comienza a leer:

- "A pesar de lo contundente del título, "La Originalidad Apesta" trata sobre aquellos motivos que impulsan a ciertas personas a destacarse del resto por medio de la cultura y sus distintas vertientes. En los años que llevo de vida me he cruzado con distintos tipos de individuos, pero siempre me ha llamado la atención aquellos que autodenominan "creativos". Estas personas, embanderadas en un supuesto ideal estético, ejercen una

44

verdadera molestia sobre los ciudadanos y llegan al punto de creer que su rol es beneficioso para la sociedad en su conjunto, cuando en realidad es todo lo contrario".

"Haciendo un relevo sobre incontables cantidad de casos que he estudiado, he concluido que estos individuos cuentan con personalidades frustradas y autodestructivas, y se ven reivindicadas con el solo hecho de hacer las cosas de modo diferente, negando a la tradición y a los valores morales que han construido a esta tierra".

"Y cual es la manera más sencilla de ser original, pues bien, mirar hacia fuera. Como si no hubiese suficiente material que nos represente, ellos generan un estatus con estilos y formas que no nos pertenecen. Este tipo de conductas son las que promueven la falta de valores, que con tanta paciencia la tradición fue forjando".

"Esa es la razón y fundamento de este ensayo, con el cual humildemente pretendo esclarecer este asunto y aunar esfuerzos con aquellos que se sientan representados con las ideas y pensamientos expresados. Podría explayarme por mucho tiempo, haciendo referencia a los distintos ejemplos que contiene el libro, pero creo que el tiempo de esta amable audiencia es valioso. En estas pocas palabras esta en resumidas cuentas la síntesis de este libro, y creo que va a ser esclarecedor es muchos aspectos para aquel que lo lea. Por eso no los molesto más, y le agradezco desde el fondo del alma que me hayan escuchado".

"Muchas gracias".

"¿Alguna Pregunta?"

La Oscuridad Se Hizo Luz

…Con un sordo zumbido de fondo, el lugar se fue llenando de una extraña luminiscencia catódica, donde se adivina una figura sentada frente a la pantalla. Armado de su control remoto, Ricardo recorre con rapidez los distintos canales. Películas no; deportes no; dibujos animados tampoco; noticias.

- ¡Acá esta!

- … *Científicos de la Universidad de Yale han desarrollado recientemente una serie de fármacos, que incorpora en forma permanente conocimientos específicos en los individuos que se someten a este tratamiento. Estos investigadores prevén en un tiempo no muy lejano pastillas para convertirse en biólogos moleculares o ingenieros nucleares, aunque a corto plazo el mercado podrá contar solo con píldoras para volverse modelo publicitario u ascensorista.*

El siguiente segmento es auspiciado por Roswell, su aseguradora de confianza que desde 1947 le ofrece su línea de seguros contra abducciones, la cual incluye un 0800 internacional en caso de emergencia, el traslado hasta su domicilio sin importar el lugar del mundo que a Ud. o su vehículo lo hayan dejado, la reposición de ropa en caso que lo hayan dejado sin ella, un seguro medico que incluye en su registro medico a los mejores siquiatras, sin que tenga que abonar ni un centavo de mas por las consulta medicas o por el tratamiento, y un curso intensivo de prevención de abducciones.

Seguimos con la información local. Como muestran la imágenes, El Club De Imitadores De Barreda organizó su concurso anual en el teatro Cervantes, esta vez con la presencia de su icono máximo, que gentilmente acepto la invitación para participar como jurado, junto al ganador del certamen del año pasado y otros representantes de la cultura local. Este año contó con la participación de 10 concursantes que vinieron de todos los rincones del país para este certamen. El ganador de este año es Hernán Fernández que ejecuto una excelente perfomance, la cual hizo imposible distinguir con el original. Además, aprovechando la presencia del homenajeado, el club le entrego una escopeta Víctor Sarrasquete calibre 16,5 idéntica a la que fuera de su propiedad...

Por un instante la atención del odontólogo se desvía hacia un ángulo oscuro del living y en el segundo de mayor luminosidad, distingue en una de las esquinas de la habitación el brillo de la escopeta.

...la cual recibió con gran muestra de emoción a los miembros, participantes y también el público presente. Sobre la mesa se exhibe la escopeta española que tanta satisfacción le dio al homenajeado mientras se realizo esta cena en su honor.

Hay más información después de la tanda.

El Sida lo combatimos entre todos.

Prevéngase: No sea puto.

Es un mensaje del Ministerio De Acción Social y Salud de La Nación.

- Hola ¿Barreda?

- Sí ¿Quién habla?

- Soy yo, Ruckauf

- ¿¡Como le va al "Flamante Gobernador"!? Ya por segunda vez, lo felicito.

- Más que bien "Señor Diputado Electo", es una lástima que no nos hayamos visto en el festejo de nuestro triunfo.

- Sí es verdad, pero estaba muy cansado. Con toda la campaña y tantos dichos y contradichos, el periodismo y las encuestas, la verdad, todavía no puedo creer que me hayan electo.

- Es la ventaja de tener gente que sabe manejando las cosas. Un buen equipo de publicidad y sobre todo una buena consultora. Auque de tanto en tanto hay que renovar a estas últimas, por que con el correr del tiempo se vuelven complacientes y eso no es bueno para nuestras carreras. Mientras mas objetivos sean los resultados de las encuestas, mejor podremos conducir nuestras campañas. Y una vez electos, también nos sirven para gobernar, ya que legislaremos según como la gente nos vea y no por lo que realmente hagamos. Como vera, esta todo pensado. Igualmente, a futuro tengo para ofrecerle varios proyectos importantes. Pero no nos adelantemos y disfrutemos de esta victoria, que si seguimos haciendo bien las cosas, no va ser la última.

- Me siento halagado con sus palabras y en la confianza que tiene depositada en mi persona.

49

- Ya le dije Ricardo, tengo grandes proyectos y Ud. tiene un lugar muy importante en ellos. Por ahora dedíquese a la legislatura. Si tiene ganas anótese en alguna comisión y presente algún proyecto. Después en las votaciones dentro del recinto levante la mano junto con la del jefe de nuestro bloque y verá como recibe en su despacho un sobre con dinero extra por cada voto. Como verá todo es muy simple. Disfrute todo lo que pueda. Más adelante nos reuniremos para organizar nuestra estrategia de ahora en adelante.

- Como Ud. mande. Cualquier novedad nos llamamos.

- ¡Hecho! Saludos a "Pochi" su señora.

- Igualmente. Adiós.

- Adiós.

Un Mercedes Benz Negro

...se estaciona a un costado de La Plaza Congreso. De su interior salen dos custodios que recorren el perímetro para verificar la seguridad del entorno. A pocos metros de ahí, la multitud convocada por La Sociedad Protectora de Animales espera la llegada del orador principal. Acompañados de sus mascotas, los presentes embanderan pancartas alusivas a la nueva ley que el Diputado Barreda acaba de presentar al Congreso de la Nación. En distintos sectores, la eterna pelea ente gatos y perros se hace presente, incomodando al resto de los espectadores con otro tipo de mascota. Los guardias reciben por radio la autorización, abren la puerta trasera y en su interior se ve al odontólogo, que sentado lee las últimas estrofas de su discurso. La policía presente en el lugar forma un cinturón de seguridad entre el público hasta el palco y por sobre los hombros de éstos la concurrentes le piden al Diputado su autógrafo o una caricia para su mascota. Este accede al pedido hasta que, frente a su rostro se le aparece por sorpresa un gato.

- ¡Sáquenme esta porquería!

Gruñe Ricardo, a la vez que da la vuelta y se le caen los papeles del discurso. El viento ayuda a desparramarlos y los guardaespaldas corren detrás. Una vez que logra reunirlos el Diputado se dirige hacia la tribuna sin hacer caso a la demanda de la gente. Allí lo esperan otros legisladores que apoyan su proyecto de ley, como así también juristas, profesionales y otros miembros del partido. La gente lo aplaude pero su saludo es breve, frente al micrófono acomoda los papeles y una vez que encuentra el principio del discurso comienza a leer:

- "Señoras y señores, publico presente, autoridades, amigos. Sabemos todos del sentimiento reciproco que hay con nuestras mascotas, ellas realmente nos aman.

Por eso, los que aquí nos reunimos estamos dispuestos a dar un paso adelante en esta relación, hemos presentado junto con otros legisladores una nueva ley para que sea aprobada en El Congreso. Muchos son los prejuicios que tiene que romper nuestra sociedad para madurar y hacer que sus habitantes se sientan integrados a ella. Como en muchos momentos en la historia de las libertades civiles, las minorías han estado practicando a escondidas lo que la sociedad juzga como ilícito. Pero de tiempo en tiempo, las sociedades que evolucionan tienen que sacar la verdad a la luz y consensuar nuevas normas y costumbres en beneficio de toda la población, sin segregar a los que nos parecen "distintos". Y he aquí la esencia de esta nueva ley, que yo mismo he redactado y presentado al congreso. Una ley que determine la mayoría de edad de cada especie, que regule los derechos y deberes de las parejas y que permita el casamiento de la especie humana con otras especies". *(Ovación general).*

"Se que es un tema controvertido y que va a dar que hablar a mas de uno. Sancionar esta ley es dar un nuevo estimulo a la comprensión de todos los seres vivos que componen nuestro planeta".

Cerca del palco, un señor mayor con un hamster en la mano le pregunta al orador, alzando la voz por sobre la de los parlantes:

- ¡Barreda! ¡Barreda! Sobre los matrimonios con otras especies pero del mismo sexo ¿No dice nada?

Una señora que alza un caniche a unos metros de ahí, le contesta:

- ¿Cómo del mismo sexo? ¡Eso es antinatural!

Más atrás, un joven rapado y con túnica blanca le contesta:

52

- ¡¿Pero que es esto, la inquisición?!

En la discusión, un ovejero alemán vigila a un gato siamés, que desde lo alto del hombro de su dueño lo mira desafiante. El perro le tenía ganas desde el comienzo del acto. En la primera de cambio el pastor salta hacia el felino, empujando al dueño con sus patas delanteras, con tan mala suerte que se tropieza con la cabra que esta delante de él. Esta reacciona dando una media vuelta y arremetiendo contra el supuesto agresor. La gente alrededor, al tratar de controlar la situación, se le escapa su propia mascota y en una fracción de segundo toda la plaza se revoluciona. La policía, que no entiende mucho las circunstancias, recibe la orden de actuar y con gusto empezaron con los palos, reprimiendo a la gente o defendiéndose de los animales. Barreda que intenta calmar los ánimos desde el palco, es conducido de los hombros por los guardaespaldas entre los gases lacrimógenos hacia el Mercedes. La gente que aparece entre las nubes de gas, llorando y tosiendo se acercan para pedir un autógrafo, pero los custodios se encargan de espantarlos a las patadas. Cuando llegan, rápidamente hacen ingresar al Diputado por la puerta trasera pero al ir de cabeza se golpea contra el marco, luego ellos suben y salen a toda velocidad. En el camino se llevan puesto a un simpatizante que confundido cruzaba la calle. El auto acelera a fondo alejándose del lugar y el arrollado en el asfalto continúa agitando una banderita argentina con la cara del odontólogo.

Las Sombras De La Media Tarde

...se recortan en los interiores del departamento de Belgrano. Sentado en el living Barreda recorta sus uñas ayudado con una lámpara de pie. La puerta de entrada se abre y "Pochi" ingresa con un paso más serio que el habitual hasta que unos pasos de distancia los separan. Sin detener su labor el odontólogo escucha:

- Ricardo tenemos que hablar. Se que como pareja no estamos pasando por la mejor etapa, y creo que llego el momento de dejar aclarado nuestros sentimientos. También entiendo que va a ser duro para vos, pero ha llegado otro hombre a mi corazón y quiero ser libre para vivirlo. Se que a esta altura de nuestras vidas podemos llegar a entender que las cosas son así, y que es inútil encontrarle sentido.

- ¿Y quien es el?

- Es Fernando, el hermano de nuestra vecina.

- Pero ¿no es el que falleció la semana pasada?

- Si, el mismo.

- Pero está muerto, ¿como puede ser que te enamores de alguien sin vida?

- Sabía que no ibas a entenderme Ricardo, no te culpo. Pero las cosas son así y no puedo evitarlo. El era un desconocido para mí, hasta que Emilia me pidió que la acompañara al velorio de su hermano. Fue tan repentino su deceso, que dentro del ataúd parecía como dormido, sin una marca de la muerte. Y cuando lo mire surgieron en mí sentimientos como hacía tiempo que no salían. Me sentí nuevamente viva y con ganas de comenzar nuevamente. Se que es difícil de explicar, pero intuí que mis sentimientos eran correspondidos, y desde ese instante tome la decisión de acompañarlo y rehacer mi vida.

- Pero nosotros teníamos todo un proyecto juntos, después de tantos años en la cárcel, no veía la hora de compartir un techo con vos. Y ahora no solo te vas, sino que me cambias por un finado ¿Cómo es que tu relación con él es mejor que la que tuviste conmigo? ¿Qué te puede dar más él, que solo es una foto sobre el mármol del nicho?

- Sabía que no ibas a entender, pero lo que siento no lo puede explicar la razón. Lamento mucho hacerte pasar por esto, pero es inevitable. He decidido ir a vivir con mi hermana y compartir mi tiempo libre junto a la foto que vos decís. No pretendo que me entiendas, pero si espero que me respetes. Por todo lo que hemos vivido estos últimos años, que casi son una vida.

- Y Emilia que dice a todo esto ¿esta enterada?

- Si ya hemos conversado y me entiende en un cien por cien. Me habla mucho de su hermano, de cómo fue su vida, me muestra fotos, y confirma en cada palabra todo lo que siento por el. Es tal cual lo imagino. También me ha presentado al resto de la familia. Y todos me han aceptado como una más.

- ¿O sea que comenzaste la relación como viuda?

- No seas irónico, esto va en serio. Se que la Iglesia Católica no me permitirá esta relación, entonces buscare otra. Tal vez con los espiritistas.
No quiero demorar más esta partida. En la semana paso para retirar la ropa y dejarte las llaves.

56

¡Adiós!.

Y con un portazo sale, haciendo desviar la trayectoria del cortaúñas, que lastima el dedo y hace gritar a Barreda.:

- ¡¡Me cago en Dios!!

Las Luces De Colores

…de los vitrales de la Basílica de San José de Flores se recortan sobre los bancos de la nave central y encandila con el reflejo al altar en el fondo. A un costado, detrás de las columnas y contra la pared, se encuentra un armario de madera con dos puertas, en el cual entran dos personas separadas por un tabique. En uno de los módulos un hombre de negro sentado en un banco sostiene un crucigrama. Garabatea en el aire con una lapicera, sin escribir los diez casilleros vacíos de "matemático y geómetra griego considerado el más notable científico de la antigüedad", cuando siente el ruido de una persona que entra y se acomoda en la sección vecina. Por una pequeña ventana esterillada se escucha:

- ¡Padre, necesito que me ayude!

- Dime hijo, ¿Qué has hecho?

- Bueno, verá, es que no estoy acostumbrado a venir acá y hablar de mis problemas.

- ¿Hace mucho que no te confiesas?

- Es la primera vez.

- ¿Querrás decir que hace mucho que no lo haces?

- Ciertamente nunca lo he intentado.

- ¿Por qué? ¿Acaso eres de otra religión?

- No padre, en realidad soy ateo.

- ¿Y cómo es esto? ¿Te has arrepentido?

- No, pero no es por esto que he venido.

- ¿Y para qué entonces? No entiendo.

- Discúlpeme (se siente una inhalación)

- ¿Estás resfriado hijo?

- No padre, no es nada.

- Dime, a ver ¿de que se trata?

- Resulta que hace años que sufro de insomnio. Todas las noches me despierto sobresaltado sin recordar nada y no hay psicólogo ni pastilla que me puedan curar.

- ¿Y que dicen los profesionales?

- Dicen que es por el cargo de conciencia que produce mi trabajo.

- ¿A qué te dedicas?

- Escribo discursos. Un político o un sindicalista tiene un acto, me llaman, me pongo en tema y les escribo. Ahora estoy abocado con la campaña de la formula presidencial Ruckauf-Barreda; y bueno, me reúno con el comité de campaña, redacto algo, me pagan y con eso me gano la vida.

- ¿Y hacer esto te trae alguna culpa?

- No, que yo sepa. Hace años que hago terapia y lo único que logro es estar cada vez peor, además de perder plata. Pero lo que sí se es que estoy dispuesto a tener fe en Dios si me saco este problema de encima. ¿Usted que dice padre? ¿Me puede ayudar?

- Si es la voluntad del Señor, que no te quepa la menor duda. Lo que tienes que hacer en primera medida es rezar. Repite el padrenuestro siempre que puedas. Esto te ayudará a incrementar la fe en Cristo nuestro Señor.

- Discúlpeme pero ¿cómo es el padrenuestro?

- ¿Cómo, acaso no lo conoces?

- Si, lo he escuchado un par de veces, pero no me acuerdo.

- Bueno, a ver ¿tienes donde escribir?

- Sí, tengo un papelito. Lo que no tengo es una birome ¿Me podría prestar algo para escribir?

- Aquí tienes (resoplando, le pasa la birome entre los huecos de la esterilla que comunica los dos módulos)

- Gracias. Cuando quiera.(Se siente otra inhalación)

- ¿Estás seguro que te sientes bien?

- Si padre, adelante.

- Bueno, comencemos: Padre nuestro.

- Si.

- Que estas en los cielos….

……………………………………………

- … Y líbranos de todo mal.

- Mmmm, de todo mal.

- Amén.

- Amén.

- Listo.

- ¿Es todo?

- Sí, mi hijo.

- ¿Y con esto ya está?

- No te apresures. También debes comprarte una Biblia. En la librería de la parroquia venden una edición con tapas blandas a veinte pesos. Cómprate una y léela todas las noches. Y vuelve la semana que viene para ver como te ha ido.

- Gracias padre, nos vemos la semana que viene.

- Hijo.

- ¿Si?

- La lapicera.

- Ah, perdón (y pasa la birome por la esterilla)

Colliard se incorpora torpemente dentro del reducido lugar, un poco dolorido por la incomodidad banco. Una vez fuera, estira un poco las piernas y se acomoda el saco para irse, cuando siente por detrás:

- ¡Arquímedes!

El Presidente Electo

...ingresa al Salón Blanco de la Casa Rosada acompañado de su actual Vicepresidente el odontólogo Barreda. Son las 18:45 y enseguida atronaron los aplausos y los gritos de "Olé, olé, olé, Ruckauf, Ruckauf" de varios militantes ubicados en el fondo del recinto. Los más de mil invitados se repartieron en el Salón Colón, en el Salón de los Vitraux y en un pasillo de la planta baja. Sus Allegados se quejan en voz alta porque la jura se hace en un "salón tan chico" como el Blanco en el que hay solo unas trescientas personas. Algunas de estas voces llegan a oídos del propio Presidente, pero éste evita cualquier posibilidad de cambio. La solución para los invitados que se quedan sin ver con sus propios ojos esta ceremonia llega de la mano de la tecnología: tres grandes pantallas son ubicadas en los sendos salones linderos.

Como es obvio, están en la jura muchos legisladores, aspirantes a secretarios y otros cargos. Varios gobernadores están sentados a la derecha del palco. También se ven los miembros de la Corte Suprema de Justicia. Cerca de los empresarios se ubican los "gordos" de la CGT. También participan muchos artistas y representantes de la cultura.

En una emotiva ceremonia el presidente saliente le transfiere el bastón de mando y se saca la Banda Presidencial para colocársela al nuevo mandatario. Luego Ruckauf jura cumplir fielmente con la Constitución y las leyes y por "Dios, la Patria y estos Santos Evangelios". Todos aplauden y a la voz de:

- ¡¡¡ Lo logre!!!

El flamante Presidente levanta con la mano izquierda el bastón y con la otra saca una pistola del saco y se vuela la cabeza. Por suerte la bala no dio a ningún comensal, solo salpica a los sentados a la izquierda. Los militares y los granaderos que están más atrás prosiguen en posición de firmes, a pesar de las manchas continúan sin siquiera pestañear. El Vicepresidente electo no corre con la misma suerte. Seis guardias de seguridad se le echan encima para protegerlo. Solo se puede ver su brazo izquierdo agitándose bajo la montaña humana que se forma. Al cerciorarse que no hay peligro, uno a uno los guardias se incorporan, dejando al final a Barreda, que después de acomodar su saco se retira, y sin hacer caso al reclamo de la gente grita:

- ¡Váyanse a la mierda! ¡¡¡Renuncio!!!

Índice